기획의 말

그리운 마음일 때 'I Miss You'라고 하는 것은 '내게서 당신이 빠져 있기(miss) 때문에 나는 충분한 존재가 될 수 없다'는 뜻이라는 게 소설가 쓰시마 유코의 아름다운 해석이다. 현재의 세계에는 틀림없이 결여가 있어서 우리는 언제나 무언가를 그리워한다. 한때 우리를 벅차게 했으나 이제는 읽을 수 없게 된 옛날의 시집을 되살리는 작업 또한 그 그리움의 일이다. 어떤 시집이 빠져 있는 한, 우리의 시는 충분해질 수 없다.

더 나아가 옛 시집을 복간하는 일은 한국 시문학사의 역동성이 드러나는 장을 여는 일이 될 수도 있다. 하나의 새로운 예술작품이 창조될 때 일어나는 일은 과거에 있었던 모든 예술작품에도 동시에 일어난다는 것이 시인 엘리엇의 오래된 말이다. 과거가 이룩해놓은 질서는 현재의 성취에 영향받아 다시 배치된다는 것이다. 우리는 현재의 빛에 의지해 어떤 과거를 선택할 것인가. 그렇게 시사(詩史)는 되돌아보며 전진한다.

이 일들을 문학동네는 이미 한 적이 있다. 1996년 11월 황동규, 마종기, 강은교의 청년기 시집들을 복간하며 '포에지 2000' 시리즈가 시작됐다. "생이 덧없고 힘겨울 때 이따금 가슴으로 암송했던 시들, 이미 절판되어 오래된 명성으로만 만날 수 있었던 시들, 동시대를 대표하는 시인들의 젊은 날의 아름다운 연가(戀歌)가 여기 되살아납니다." 당시로서는 드물고 귀했던 그 일을 우리는 이제 다시 시작해보려 한다.

기획의 말

그리운 마음일 때 'I Miss You'라고 하는 것은 '내게서 당신이 빠져 있기(miss) 때문에 나는 충분한 존재가 될 수 없다'는 뜻이라는 게 소설가 쓰시마 유코의 아름다운 해석이다. 현재의 세계에는 틀림없이 결여가 있어서 우리는 언제나 무언가를 그리워한다. 한때 우리를 벅차게 했으나 이제는 읽을 수 없게 된 옛날의 시집을 되살리는 작업 또한 그 그리움의 일이다. 어떤 시집이 빠져 있는 한, 우리의 시는 충분해질 수 없다.

더 나아가 옛 시집을 복간하는 일은 한국 시문학사의 이중성이 드러나는 장을 여는 일이 될 수도 있다. 하나의 새로운 예술작품이 창조될 때 일어나는 일은 과거에 있었던 모든 예술작품에도 동시에 일어난다는 것이 시인 엘리엇의 오래된 말이다. 과거가 이룩해놓은 질서는 현재의 성취에 영향받아 다시 배치된다는 것이다. 우리는 현재의 빛에 의지해 어떤 과거를 선택할 것인가. 그렇게 시사(詩史)는 되돌아보며 전진한다.

이 일들을 문학동네는 이미 한 적이 있다. 1996년 11월 황동규, 마종기, 강은교의 청년기 시집들을 복간하며 '포에지 2000' 시리즈가 시작됐다. "생이 덧없고 헐거울 때 이따금 가슴으로 암송했던 시들, 이미 절판되어 오래된 명성으로만 만날 수 있었던 시들, 동시대를 대표하는 시인들의 젊은 날의 아름다운 연가(戀歌)가 여기 되살아납니다." 당시로서는 드물고 귀했던 그 일을 우리는 이제 다시 시작해보려 한다.

단 한 번의 사랑

문학동네포에지 018

최갑수 시집

단
한
번의
사랑

시인의 말

밤이 깊었다. 여기는 사막이다. 달은 붉고 바람은 차갑다. 나를 데리고 떠날 낙타는 보이지 않는다. 외롭다. 무엇이 나를 이곳으로 내몰았던 것일까. 나의 도착은 언제나 늦다. 오래전, 아주 오래전 바닷속을 거닐던 기억을 나는 가지고 있다.

나는 부랑자이거나 방랑자이어야 했다. 그리고 그대, 미안하지만 이미 나를 떠났어야 했다.

2000년 봄
최갑수

개정판 시인의 말

2000년 펴낸 첫 시집이다. 시를 잊고 싶어 서둘러 만든 시집이었다. 부끄러움이 크지만 그대로 낸다. 차례만 약간 바꿨다.

많은 하루가 지나갔다. 바람이 불고 눈이 쌓였던 그 하루는 해야 할 일로 가득했고 별이 뜨고 지듯 나는 그 일들을 했다. 그사이 음악을 들었고 책을 읽었고 가끔 슬펐다.

이 자리를 빌어, 당신이 더 좋다고 고백하고 싶다. 겨울이 와서 당신이 더 좋다고. 대기가 차가워져서, 그래서 노을이 붉어서, 일찍 밤이 찾아와서 당신이 더 좋다고.

모든 사실과 사건이 당신에게 더 좋다고 말하기 위한 핑계였다. 당신을 처음 만난 그날 이후 우리에게 남은 날은 점점 줄어들었으니까.

가을은 가을로 오고 낙엽은 낙엽의 자리로 떨어진다는 것을 알게 됐다. 우리는 지나간 것일까, 다가오는 것일까. 나는 여전히 외로운 방향으로 웃고 있다.

2021년 2월
최갑수

차례

밤을 말하다

동백을 뜯으며
저녁이 온다
어둠 속으로
막배가 떠나는 소리
습관처럼 새들이 날아간다
나는 허술해진 밤을 걷는다
창문마다 별들은
종기처럼 돋고
충혈된 거리를 걷는
잎 진 가로수들의 행렬
여자들이 내 팔을 잡아
가슴에 댄다
붉은 비늘이 솟은 그녀들의 몸,
달그림자 가다 멈추어
나를 노려본다
미닫이 커튼 사이
흘러나오는 구름장들
분을 바르며 낭창거리는
아픈 저 버들가지들

해안

예인선은
둥근 빛을 흔들고
누군가 동백 잎에 물들어
깊은 병을 가질 때
여관집 늦은 가을비는
창가에 온다
밀물 드는 소리에
취객은 마음을 빼앗기고
여자들이 등을 달고
바다처럼 조용히
부풀어오를 때

남포

배롱나무 가지 위에
고요히 얹힌 보름달
한참을 바라보아도
너의 얼굴이
생각나지 않았다
바다 가까운 어느 마을
홀로 된 어미들은
바다 소리와 함께 잠이 들고
설움도 사랑도
갯가에 널어놓은
손 시린 겨울의 자정
기다리지 말거라,
남포는 밤새
유리창을 밝히다
소리 없이 말라만 갔다

버드나무 선창

창문을 열면
바다만이 맹렬했다 오직
바다만이 간절했다
아랫도리를 벗은 채
아이들은 줄지어 선창을 달려가고
유리창마다 달라붙은 눅눅한 어항의 불빛들
휴일을 함께 지낸 사내들을 보내며
여자들은 아무 말도 하지 못했다
서둘러 화장을 고쳤다
막막한 봄밤
소리치면 툭, 하고 끊어질 것만 같은 수평선
숨죽여 뱃고동이 울고
달뜬 숨소리를 내뱉으며 버드나무들은
밀려오는 파도 소리에 서러운 몸을 씻었다
무엇일까,
우리를 밤새 깨어 있게 만드는
비린 냄새의 그것들은 무엇일까,
창문을 닫고 누우면
커다란 눈을 가진 심해어들이
환하게 불을 밝힌 채
나의 뜨거운 얼굴을 향해
꼬리 치며 몰려들고 있었다
나는 바다에 괴롭고
삶에 괴로운

서글픈 눈매의 까까머리 청년이었다

창가의 버드나무

세월은 또 내게
어떤 모양의 달을 보여주려나,
누군가 먹다 남은 달
차마 하지 못한 말
눈 내리는 창가에 앉아 그 여자
화투패를 뜹니다
공산(空山)에 명월(明月)이라
기다리지 않아도 님이 온다,
식어버린 톱밥 난로 옆
그믐처럼 눈을 내리깔고서
그 여자, 좋았던 시절을
생각합니다 호오호오 입김을 불어가며
유리창 위 뜻 모를 글자를 새깁니다
나도 한때는 연분홍 시절이 있었지 하지만
지는 꽃을 막을 수야 있나,
바람이 불고 또 바람이 불고
겨울이 깊어도 그 여자의 등뒤는
닳고 닳은 봄
색이 바랜 꽃무늬 벽지
창밖에는 눈이 내리고
낡은 탁자 위
그 여자가 놓아둔 공산에는
어느새 눈물이 한 점 보름달처럼
환하게 떠올라 있습니다

나무를 생각함

—손택수 형에게

나무는 제가 가야 할 길을
알고 있었다 태어날 때부터
둥글게 첫 나이테를 말기 시작할 때부터
나무는 언제나
다가올 제 운명을 조용히 기다리고 있었다

어떤 나무는 제 몸에 명주실을 걸어
소리가 되기도 하고
어떤 나무는 다른 나무들과 어깨를 기대
집이 되기도 하고
어떤 나무는 제 살을 깎아
부처가 되기도 한다
그리고 어떤 나무는
한평생 나무로만 살다가
어느 짧은 순간
한 줌의 재가 되어 사라지기도 한다

나무는 알고 있었다
그 무엇이 되기 위해
어떻게 살아야 하는지
잎사귀에 고이는
나지막한 봄비의 가르침만으로도
나무는 충분히 알고 있었다

가포(歌浦)에서 보낸 며칠

한동안
가포에 있는 낡은 집에 가 있었다
늙은 내외만이 한 쌍의 말간 사기그릇처럼
바람에 씻기며 살아가고 있는
바닷가 외딴집
바다 소리와 함께 그럭저럭
할일 없이
보고 싶은 이 없이 참을 만했던 며칠
저녁이면 바람이
창문에 걸린 유리구슬 주렴 사이로
빨강 노랑 초록의 노을 몇 줌을
슬며시 뿌려주고 가기도 했다
손톱만한 내 작은 방에는 구름처럼 가벼운
추억 몇 편이 일렁이며 떠 있기도 했다
그 집에 머물던 며칠 동안
내 가슴속 아슴하게 오색 물무늬가 지던
그러한 며칠 동안
나는 사랑이라든가
사랑이 주는 괴로움이라든가 하는
마음의 허둥댐에 대하여 평온했고
그러다가 심심해지면,
그런 허둥댐의 덧없음에 대하여
다 돌아간 저녁의 해변처럼 심심해지면
평상에 모로 누워 아슴아슴 귀를 팠다

오랫동안 곰곰이 내 지나온 세월과
살아갈 세월을 생각했다
가끔, 아주 가끔
아픈 듯이 별들이 반짝였고 그때마다
감나무 잎사귀들은 바다와 함께 적막했다

후허하오터(呼和浩特)*의 달

고개를 들어보면
붉은 달
부릅뜬 달
그렇구나, 세월은 언제나 저만치 앞서가
커다란 눈으로 나를 바라보고 있었구나,
밤의 지평선 위
사나운 모래바람이 일고
아무리 둘러보아도 아아 한 걸음도
더이상 나아갈 데가 보이지 않는다
주위에는 온통 가파른 모래 능선들뿐
선인장들은 날카로운 가시를 세운 채
캄캄한 나의 배후를 위협하고 있었으니
달이여, 기다란 나의 속눈썹 위
휘영청 신기루처럼 떠 있는
아득하기만 한 삶이여
오오 가눌 수 없는 막막함이여
후허하오터, 지친 낙타의 한숨을 닮은 지명
뒤돌아보면 내가 지나왔던 길
구구절절한 그 발자국들이
부는 바람에 서서히 지워져가고 있다
사라져가고 없다

아침이 올 때까지 나는
쏟아져내리는 달빛에 하얗게 뼈를 비추이며

꾸벅꾸벅
격랑의 사막을 건너가야 하는
약관(弱冠)의 비루한 낙타일 뿐이다

* 중국 내몽고 지방에 있다.

후허하오터의 선인장

후허하오터, 그곳으로 가며
나는 줄곧 깨어 있었다, 창밖에는
이름 모를 나무들이 누군가의
묘비처럼 서 있고 드문드문
떨어져 희미하게 빛나는
초라한 민가의 불빛들, 삼등칸에서
덜컹거리며, 때론 무너져내리며,
마침내 나도 그곳까지 가보는
구나, 그 옛날 푸르게 너를
감싸안았던 커다란 잎사귀들이
이제는 너를 찌르는 날카로운 가시가
되어버렸구나, 날이 갈수록
내 마음은 사막을 닮아 네 쪽으로
사나운 모래바람만 줄기차게 날리는
데, 내 옆의 너도 언젠가는
나를 닮은 사막이, 그 퍽퍽함이
네 몸속 가득차버리겠구나, 기차는
기다란 기적 소리와 함께
숨차게 밤을 넘어가고,
왜 모든 외로운 것들은 날카로운
가시를 가지는 걸까, 아니면
날카로운 가시를 가져 외로워져버린
것일까, 후허하오터, 그곳에서
돌아오며 나는 줄곧 깨어 있었다

판티엔 후허하오터(Hotel 呼和浩特)

사막을 지나와서야
사막을 보네
사랑을 떠나와서야 비로소
사랑을 아네

내게는 언제나
사랑보다는 기다림이 먼저가 아니었던가
내 앞에 펼쳐진
저 사막
스스로의 속으로 끝없이 무너져내리는
거대하기만 한 기다림
혹은
목마름

그래, 이제는
이별이 아닌
이별 이후의 기다림에 대해 말하기로 하자
창밖의 저 사막처럼
그래, 외로운 저 영혼처럼

신포동

가을밤 눈이 감기지 않았다
집어등도 이따금 파도에 끊기고
적적한 골목을 내다니는 것이
내 유일한 고단함인 양
어깨를 기울이고 문밖으로 나서면
느티나무들이 소리내어
손가락을 꺾고 있었다
게처럼 짝짝거리며 하현이 가고
어디서 왔는지도 모를 바람이
잔잔히 별을 애무할 때
여자들은 온몸으로 일생을 반짝이며
방파제 너머로
가느다란 웃음을 던졌다
가을은 이곳에도 깊이 들었구나,
아무도 잠들지 않는
자정의 거리
한차례 소란스러운 비가 훑고 지난 뒤
커튼을 닫고 사내들은
조용히 숨을 들었다 놓았다
나는 왜 뜨겁게 달아오르지 못하는가,
노랗게 불을 흔들며
나를 희롱하는 창문과
되돌려지지 않는 걸음 사이로
수런거리며 안개가 모여들었다

밤에게 엿보이는 내 헐한 가슴에는
시시때때 알지 못할 이름을 외우는
목청이 큰 바다가 있었다

해안 도로

겨울인데도
돌아가지 않은
어떤 잎새가 있고
저녁인데도
밝혀지지 못한
알전구들과
나무를 베고 누운
지친 흰나비가 있고
이만 져도 좋을 종이꽃이
바람을 맞으며
문밖에서
누군가를 기다리고
하루에 한 번씩
아스피린을
사러 가는
시간이 있고

유리문에 빈병처럼
어깨를 기대어 선 그녀
희부윰한 안개를 목에 두르고
〈남자는 배 여자는 항구〉라는
낡은 유행가를 남발하는 그녀
저 여자의 멍든 속살을
나도 만져볼 수 있을까

집으로 가던 길
잠시 먼지를 털기 위해
들른 것이었다고
힘주어 말할 수 있을까

단 한 번의 사랑

한 번이면 된다
오직
단 한 번

유서를 쓰듯
우레가 치듯

나에게 오라
부디, 사랑이여
와서 나를 짓밟아라

밀물여인숙 1

더 춥다
1월과 2월은
언제나 저녁부터 시작되고
그 언저리
불도 들지 않는 방
외진 몸과 외진 몸 사이
하루에도 몇 번씩
높은 물이랑이 친다
참 많이도 돌아다녔어요,
집 나선 지 이태째라는 참머리 계집은
잘근잘근 입술을 깨물며
부서진 손톱으로
달을 새긴다
장판 깊이 박히는 수많은 달
외항을 헤매이는 고동 소리가
아련하게 문턱까지 밀리고
자거라,
깨지 말고 꼭꼭 자거라
불 끄고 설움도 끄고
집도 절도 없는 마음 하나 더
단정히 머리 빗으며
창밖 어둠을
이마까지 당겨 덮는다

밀물여인숙 2

바다가 밤을 밀며
성큼 뭍으로 손을 내밀고
아낙들이 서둘러
아이들을 부른다 겨울밤은
폐선의 흔들림을 감당하기에도
벅차고 내 잠을 밀고
촘촘히 올라오는 잡어떼
별처럼 30촉 백열구가 떴다
아직도 잠들지 못한 걸까,
홑이불 속
사고 싶은 것이 많다는 그 여자도
따라 뒤척인다 뒤척인 자리마다
모래알들이 힘없이 구르고
곧 허물어질 것만 같은 등
나는 입술을 대고
그녀의 이름을 낮게 불러본다
그 여자의 등이 조금씩 지워진다
어느 땐가 내가 서 있었던 해변과
사랑하는 것들의 이름을
또박또박 발음해보던
사납던 그 밤도 지워진다
여자의 등에 소슬하게 바람이 일고
만져줄까, 하얗게 거품을 무는
그녀의 얇은 허리와 하루종일

창문을 벗어나지 못하는 섬
집이 없는 사내들이
모서리 한쪽씩을 차지해
저마다 낮은 어깨를 누인다
지붕 위에는 밤안개가
오래오래 머문다

밀물여인숙 3

창밖을 보다 말고
여자는 가슴을 헤친다
섬처럼 튀어오른 상처들
젖꽃판 위로
쓰윽 빈 배가 지나고
그 여자,
한 움큼 알약을 털어넣는다
만져봐요 나를 버텨주고 있는 것들,
몽롱하게 여자는 말한다
네 몸을 빌려
한 계절 꽃피다 갈 수 있을까
몸 가득 물을 길어올릴 수 있을까,
와르르 세간을 적시는
궂은비가 내리고
때묻은 커튼 뒤
백일홍은 몸을 추스른다

그 여자도 나를 이해하지 못한다
애처로운 등을 한 채
우리가 이곳에 왜 오는지를
비가 비를 몰고 다니는 자정 근처
섬 사이 섬 사이
두엇 갈매기는 날고
밀물여인숙

조용히 밀물이 들 때마다

밀물여인숙 4

목련이 진다
봄밤, 지는 목련을 바라보다
그 여자도 따라 진다
사랑에 헤프고
눈물에 헤프고
가르랑 가르랑
실없는 웃음에도 헤픈 그 여자
문패도 번지수도 없이 언제나 젓가락 장단으로
외나무다리를 건너고 있다는
그 여자
목련 때문이야,
꽃 진 자리가 안타까워
짓무른 속눈썹을 떼어내는
손톱만한 그 여자

사랑이나 하자꾸나
맨몸으로 하면 되는 거
하고 나서 씁쓸하게 웃어버리면 되는
그런 거
어느새 달은 떠올라 고요히 창문을 엿보고
봄밤, 목련이 진다
두근두근
목련이 진다

석양리(夕陽里)

비빌 데 없는
내 젊은 날의 구름들을 불러다
왁자지껄 모래밭에 앉히고
하늘 한편에서
1박 2일로 민박하는 초저녁달에게
근대화슈퍼 가는귀먹은 할머니한테 가서
진로소주 몇 병 받아오게 하고
깍두기도 한 종지 얻어오게 하고
그런 날 저녁
외롭고 가난한 나의 어느 날 저녁
남해 한 귀퉁이 섬마을에서
바람이 나를 데리러 왔다가는
해당화가 피었대,
엽서만 전해주고 그냥 돌아간 후
마을회관 옥상에 놓인 풍향계는
격렬하게 어스름 쪽을 가리키고
어디까지 왔나,
밤하늘은 금세
온갖 외로움들로 글썽거리고

양계장

밤이 되면
닭들이 일제히 울어대기 시작했다
탱자나무 울타리를 넘어 바람은 쉬지 않고
날카로운 손톱을 들이밀고 나도 한때는
디젤선 일등기관사였단다, 군용 모포를 당겨 덮으며
아버지는 커다란 배가 뒤집히듯 천천히
벽 쪽으로 돌아누웠다 아버지 닭들이
며칠째 알을 낳지 않아요, 날이 밝으면
살진 놈 몇 마리를 잡아 시장에 내다 팔자꾸나,
미안하지만 아버지 우리집에는 살진 닭이
한 마리도 없어요, 가물거리는 백열등 아래
아우와 나는 아버지가 차려놓은 밥상을
모이 쪼듯 콕콕 쪼아먹고 형, 오늘은
달에 가서 잘 테니까 무서워도 혼자서 자,
밥을 먹다 말고 아우는 시퍼런 부엌칼로
닭똥이 묻은 장화를 북북 그어댔다 어머니는
언제나 웃고만 계시는군요 그곳은 평안하신가요
벽에 걸려 흔들리는 어머니 이제 그만
내려오시죠, 아우는 사납게 빗질을 하고 온몸에
덕지덕지 화장품을 발라댔다 아아,
닭똥 냄새는 아무리 씻어내도 가시지가 않아,
적의, 번들거리는 아우의 몸에서 풍기는
코를 찌르는 적의의 냄새 창밖에 뜬
노른자 같은 달을 보며 밤마다 나는

내 몸 가득 돋아나는 더러운 닭털들을
한 움큼씩 뽑아내야만 했다

도대체 무엇이었을까, 그 시절
영영 부화되지 못할 것만 같았던
까끌거리던 우리의 꿈
노랗게 곪아가던 내 잠 속의 무정란
담요를 감고 나무 침대에 누우면
밤은 또 그렇게 붉은 벼슬을 세우고
서서히 우리를 목 졸라왔다

어두워지다

창 너머 바람 분다
일본식 기와 밑으로
샐비어 꽃망울이 터진다
담뱃가게 옆 누군가는
남루한 간판을 세우고
바람에 내몰리는 나무들과
지친 여장을 푸는 저녁
동생은 담을 넘어
집으로 오고
내 남루한 외투 주머니 속
종점이 확인되지 않는 차표들이
달그락거린다
저녁 사이로 열차가 지난다
바람 소리를 들으며 나는
석유난로에 불을 붙인다
손금을 비추며
환하게 심지가 타들어간다
어둡다
지층과 지층을 오르내리는
가는 물소리
동생의 입에서
담뱃가루가 쏟아져내린다
휴지가 풀어지듯 나는 잠이 든다
자는 동안에도

나를 찌르며 자라는 뼈

야행(夜行)

보풀처럼 별빛이 일고 오늘도
나의 비애는 몇 다발의 서류 뭉치와 함께
황색 점멸등 앞에서 우회전, 잠들지 못한
은행잎들의 숨소리로 골목은 시끄럽다 나는
계단을 올라간다 바람이 불고 계단 끝
정육점 처마에 걸린 붉은 고깃덩이들이
절간에 매달린 풍경처럼 일제히
흔들리기 시작한다 언제나 한 걸음 반의
보폭만을 강요하는 끝없이 이어진
가파름의 저 계단 집으로 돌아가
안식의 잠에 들기 위해서는 계단이 주는
괴로움에 순종해야만 하리 어차피 生은
한 걸음도 두 걸음도 아닌 어정쩡한
한 걸음 반의 보폭으로 계단을 오르내리는 일
아닌가 그러다가 어느 순간 막막해져버리는 것
목구멍에서 올라오는 단내가 지나온 후회조차
까마득히 잊어버리게 만드는 것 그게 바로
계단이 주는 쓸쓸한 위안 아닌가 올려다보면
멀어져가기만 하는 자정의 밤하늘
불 꺼진 간판 위 누군가의 놀란 눈동자처럼
달은 서서히 졸아들고 뒤돌아보면
황색 점멸등 쉼 없이 깜빡이며
내 남은 날들 수다한 괴로움의 계단을
노랗게 물들이고 있다

고드름

외로움은 위험하다

제 몸을 녹여
제 눈물을 모아
아래로 향하는 고드름
아래로 향할수록
날카로워지는 고드름

나는 외로운 사람이 흘리는
눈물의 의미를 알고 있다
그 눈물들을 모아
어느 맑은 날
마침내 부러지고 만
외로운 어떤 사람의 일생을
본 적이 있다

11월

저물 무렵 마루에 걸터앉아
오래전 읽다 놓아두었던 시집을
소리내어 읽어본다
11월의 짧은 햇빛은
뭉툭하게 닳은 시집 모서리
그리운 것들
외로운 것들, 그리고 그 밖의
소리나지 않는 것들의 주변에서만
잠시 어룽거리다 사라지고
여리고 순진한
사과 속 같은 11월의 그 햇빛들이
머물렀던 자리 11월의 바람은 또 불어와
시 몇 편을 슬렁슬렁 읽어내리고는
슬그머니 뒤돌아서 간다
그동안의 나는
누군가가 덮어두었던 오래된 시집
바람도 읽다 만
사랑에 관한 그렇고 그런
서너 줄 시구 같은 것이 아니었을까
길을 걷다 무심코 주워보는 낙엽처럼
삶에 관한 기타 등등이 아니었을까,
시집을 덮고 고개를 들면
더이상 그리워할 일도
사랑할 일도 한 점 남아 있지 않은

담담하기만 한 11월의 하늘
시집 갈피 사이
갸웃이 얼굴을 내민 단풍잎 한 장이
오랜만에 만난 첫사랑처럼
낯설고 계면쩍기만 한데

연못 속의 거리

—요제프 쿠델카*에게

거리는 조용하다
푸른 새벽
지난밤, 내 눈 속 밤새 달그락거리던
반쪽의 달과 바람과 함께 소란하던
서너 평 라일락 화단과
여기서 이만 빠이빠이
붉은 셀로판지 너머 야윈 손을 흔들어주던 여자들
비틀거리며 골목을 걸어가던
'가는 세월' 그 누군가도
모두가
모두가 조용히 멈춰 서 있다
그대를 데리고 내가 가려던 길도
몇 송이 이름 모를 꽃과 함께 가만히
그 자리에 서 있다

어디선가
느티나무 잎사귀 하나가 날아와 떨어진다
출렁, 연못이 잠시 일렁인다
새가 날아가고 라일락 꽃이 진다
그리고 세월이 간다
그대는 뒤돌아서 가던 길을 가고
나는 남는다
연못 속 거리 위
물풀처럼, 어떤

오래된 노랫가락처럼
한없이 흔들리며 나는 남는다

* 체코 태생의 사진가.

사랑에 관한 짧은 필름*

아주 짧았던 순간
어떤 여자를 사랑하게 된 적이 있다

봄날이었다, 나는
창밖을 지나는 한 여자를 보게 되었는데

개나리 꽃망울들이
햇빛 속으로 막 터져나오려 할 때였던가

햇빛들이 개나리 꽃망울들을 들쑤셔
같이 놀자고, 차나 한잔하자고

그 짧았던 순간 동안 나는 그만
그 여자를 사랑하게 되어서

아주 오랜 시간 동안 그 여자를 사랑해왔던 것처럼
햇빛이 개나리 여린 꽃망울을 살짝 뒤집어

개나리의 노란 속살을 엿보려는 순간
그 여자를 그만 사랑하게 되어서

그후 몇 번의 계절이 바뀌고
몇 명의 여자가 계절처럼 내 곁에 머물다 갔지만

아직까지 나는 그 여자를 못 잊어
개나리꽃이 피어나던 그 무렵을 나는 못 잊어

그 봄날 그 순간처럼
오랫동안 창밖을 내다보곤 하는 것인데

개나리꽃이 피어도
그 여자는 지나가지 않는다

개나리꽃이 다 떨어져도
내 흐린 창가에는 봄이 올 줄 모른다

* 크시슈토프 키에슬로프스키 감독의 영화.

내 속의, 격랑으로 일렁이는 커다란 돛배

해변을 걸어간다
내 속으로 가득차오르던
밀물의 숨가쁜 사랑 같은 거
그런 거, 이제는 다 갔다
저녁 바다를 환히 밝히던 잔별들의
그리움 같은 거, 그런 것도
이제는 다 지고야 말았다

바다 밖까지 밀려난 파도
그 시절, 밀려가고 밀려오는 건
꼭 바다만은 아니었지만
……노스탤지어
추억은 바람에 펄럭이는 찢어진 깃발
내 마음의 풍향계는 아직도 그날의 어스름 쪽을
격렬하게 가리키고 있는데……

어디에 있을까
어디에 있을까
누군가의 이름을 소리쳐 부르던 그날들
오늘은 누군가
저 바다 위, 격랑으로 일렁이는
커다란 돛배를 띄우고 갔다

나는 지금

휘청이는 깃대 끝에 매달려
바다 끝 작아져가는 어느 한 점을
숨죽여 바라보고 있는 중이다

석남사 단풍

단풍만 보다 왔습니다

당신은 없고요, 나는
석남사 뒤뜰
바람에 쓸리는 단풍잎만 바라보다
하아, 저것들이 꼭 내 마음만 같아야
어찌할 줄 모르는 내 마음만 같아야
저물 무렵까지 나는
석남사 뒤뜰에 고인 늦가을처럼
아무 말도 못한 채 얼굴만 붉히다
단풍만 사랑하다
돌아왔을 따름입니다

당신은 없고요

미루나무

나를 키운 건
다름 아닌 기다림이었습니다

나의 안부를 궁금해하지 마세요
당신이 떠나가던 길
나는 당신의 아름다운 배경이 되어
흔들려주었으니
당신이 떠나간 후
일말의 바람만으로도 나는
온몸을 당신 쪽으로 기울여주었으니
그러면 된 것이지요, 그러니 부디
나의 안부를
궁금해하지 마세요

내 기다림은 그렇게
언제나 위태롭기만 한 것이었습니다

늦은 밤 잠이 깨다

잠에서 깨었다
창틈으로 길들이 희게 번지고
아직 베개를 베는 잠은 서툴다
가지 못하는 길들은 가끔
집으로 들어서기도 한다

은하사 연못에 갔으나
다 쏟아두지 못했다
내 속의 적막과 황량한 울음을
나도 감당하지 못할 때
연못은 그냥 툭 건드려보는 일렁임
늙은 수소 한 마리가 옆에 누워
물 흐르는 소리를 내었다
돌아오는 길에
단풍 몇 잎을 짊어지게 되었는데
노새가 산을 이끄는 모양,
회화나무와 나는 맞대고 서서
아무 말이 없었다
크게 부풀어 있었다

집으로 가는 버스를 타고
집으로 가지 않았다
길과 집을 혼동하는 저녁
뒷길로 나무들이 부서져내리고

새떼가 까맣게
하늘을 끌어내리고 있었다
국화는 길을 지나는 것들의
누추를 숨겨주었다

가을밤 천둥소리 속에서 잠을 잔다
집은 늘 길 밖에서 뒤척이고
밤은 고요하지 못하다
잠을 자는 내 눈이
한없이 가려워진다

새벽 두시의 삽화

성당의 종소리 울려퍼진다
새벽 두시
가을걷이를 끝낸 들판 위를
흰 수건을 쓴 늙은 아낙이 종종걸음 쳐 가고 있다
아낙의 뒤를 조용히 뒤따르는 구름 그림자들
아낙의 품에 안긴 성경책이 별처럼
금박으로 빛난다

오늘부터
잠 오지 않는 새벽 두시에는
희망에 대해 곰곰이 생각해보기로 한다

연못아, 나도 한때는

나는 왜!
애써 나를 비추이려 하는가

오래도록 연못을 응시하는 자의
애틋함이여, 연못 속에는
아무도 없는데
연못 속에는 오직
나의 간절한 눈길을 외면하는
붉은 얼굴의 한 사람과 잡히지 않는
달과 구름, 그리고 내가 띄운
몇 편의 고통이
젖어가고, 흔들리고 있을 뿐인데

연못아, 나도 한때는
너 같은 마음으로, 그 마음의
설레는 물결들로
하루하루를 살아간 적이
있었다네, 정말로 있었다네

외로운 애인

사랑조차 외롭구나,
내 生은
'편지를 쓰고 싶다'고 적어보는 편지
내 애인은
매일매일 창밖의 일만 궁금해하는데
詩여, 내 외로운 애인은
손발이 차갑단다, 그래서 나를
어루만져줄 수도
안아줄 수도 없단다

바라만 보는 生아
넋 놓고 바라만 보는
깃대처럼 가련하기만 한 一生아

네가 가면 나는
또 한번의 연애를 시작하기까지
창밖의 저 무화과나무를, 떠나간 너를
또 얼마나 못살게 굴어야 하는 것일까

카페 레인보우

등뒤로 진눈깨비 날렸고 요란하게
개들은 짖었다 나는 반지하 카페 레인보우에서
고골리를 읽었다 그와 러시아의
함수관계를 이해할 수 없었지만
(러시아의 무엇을 그는 사랑했던 것일까?)
아가씨 나랑 같이 러시아에
죽으러 갈까, 어쩌면 삶이란
추운 지상과 어두운 지하를 수도 없이
오르내리는 일 그 사이 억지로 무지개를
대는 일, 여자들이 나를 보며 깔깔거렸다
고골리는 오전 여덟시에 죽었다 레닌 광장 위로
러시아의 해는 붉게 떠 있었지만 얼어붙어
있었다 나는 거대한 율조처럼 흔들리는
여자들을 바라보았다 내 비루한
사랑에 대하여 아무도 돌을 던지지 않았지만
밤새 무지개는 지상과 지하를 가로지르며
걸려 있었고 나는 한 번도 만나지
못한 애인에게 편지를 썼다 편지가
추운 지상으로 물들며 떠나고 있었다
반지하 카페 레인보우에서
나는 술 마셨고 알지 못할 음악을 들으며
러시아의 지루한 겨울을 나고 있었다

저물 무렵

일찍 나온 별은
슬프다
오늘은
녹슨 슬레이트 지붕 하나를 감싸안기에도
파라락 파라락
힘에 겨운 저 별
어제는, 사랑에 관해
이제나저제나
망설이기만 하고 있던 저 별

나를 비추는 저 별까지는
얼마나 먼가
누군가를 위해 울어주던
그 옛날 그 어느 날까지는
별아, 또 얼마만큼이나 먼가

감나무와 바람의 쓸쓸한 연애

남은 잎이 마저 다 졌다
이제 감나무는 다가올 무엇인가를
심사숙고하고 있다
바람이 불어
감나무 빈 가지 사이사이마다
사금파리처럼 투명한 햇빛을
마지막 남은 위로인 양 뿌려주고 간다
그때마다 감나무는 몸을 들썩인다
무엇일까 무엇일까
해 질 무렵 감나무와 바람의 쓸쓸한 연애를
숨죽여 바라보고 있노라면

나는 알 것도 같다
모를 것도 같다
늙어간다는 하염없음에 대하여
먼 먼 기다림의
이제는 희미해져가는 불꽃 같은
어느 生에 대하여

오후만 있던 일요일

나의 오후는
아무도 찾아오는 이 없는
외롭고 외롭기만 한 꿈속
오늘도 나의 창은
몇 다발의 구름과
몇 줌의 햇빛만을 넣어준 채
서둘러 눈길을 거두어 가버리고

내 하루는
창밖만 바라보다 다 저문다
내 인생은
꿈속만 헤집다 다 간다

부기우기

그날, 가랑비는
앞산 위에도 놓여
지난밤 앞산을 불러 밤새 주절대던
내 방 쓸쓸한 창틀 위에도 놓여
칠이 벗겨진 우체통 위에도
빨갛게 놓여
그날 가랑비는
나와 함께 대문 밖을 나섰다가
전봇대에 붙은 구인 광고지에
또랑또랑 배고픈 눈길을
잠시 줘보기도 했다가
내가 가끔 가는 오래된 다방
곱게 늙은 마담의 좁은 이마 위에도
그날 가랑비는
수줍은 얼굴로 놓여

그날, 가랑비는
하루종일 부기우기
나와 함께 부기우기

지붕 위의 별

요즈음엔
지붕 위로 올라가는 날이 잦다
내가 누군가를 지나치게 그리워하고
또 그 그리움으로 인해
깨진 저 서녘 하늘처럼
가슴이 아프다는 말이 아니다
아직도 누군가를 못 잊어
못 잊어한다는 말이 아니다
지붕 위의 빛나는 별이여
어느 날 그대라고 불리웠던
내 가슴속
단단히 못박힌 이여
당신을 사랑했었단 말은 더더욱 아니다

별이 진다
이 밤 누군가
이별의 맑은 꿈을 꾸고 있는가보다

뼈

괴로운 걸 거야 이렇게
삐걱이는 건
나를 다독이며 이곳저곳 데리고
다니느라 나보다 더 지쳐버린 걸 거야 뼈도
죽고 싶은 걸 거야 나도 모르게 자꾸만
무덤을 향해 가는 건 외로운 걸 거야
밤마다 일어서서 창을 열고 허공에
가만히 소곤거리는 건 뼈도
나 아닌 다른 사람에게 할말이
있다는 걸 거야 자주자주 소리내어 우는 건
지겨워진 걸 거야 길을 가다 멈추어
조용히 별을 응시하는 건 뼈도
누군가 오기를
간절히 기다리고 있다는 걸 거야

이불 속
뼈도 나도 비어가는 소리

야간비행

세상의 모든 다짐이란
또한 사랑이란
저 별의 먼 빛처럼
얼마간의 덧없음을 전제로 한다는 것
그리고 너는, 그날의 사랑은
언제나 저만치, 내 기억의 저만치에서
희미하게 빛나고 있다는 것

너에게로 가는 길은
언제나 밤이다
별의 물길, 쉼없이 아가미를 깜빡이며
나는 지금 밤하늘의 가장 밝은 부분을
헤엄쳐 가고 있다
별아, 너를 따라가겠다
내 기억이 기억하는 수많은 별, 그리고
그 기억의 저편에서 깊고 환하게 소용돌이치고 있을
추억이라는 이름의 높은 별자리, 그 속에
가파른 숨의 네가 있으니
열에 들뜬 10월의 그날들이 있으니

하지만 그대여
나는 알고 있다
언젠가 이러한 나의 生 또한
이름 모를 어느 별의 희미한 빛으로

쓸쓸히 남으리란 것을, 하지만
결코 아쉬워하거나 후회하지 않을 것

오늘도 나의 창에는
해가 떠도 사라지지 않는
순금의 별들만이 반짝인다
나는 지금 추억의 가장 빛나는 한때를
거슬러오르는 중이다

그 도시의 외곽

그 도시의 외곽에는
집을 넘어가는 계단과 세모 네모 출렁이는
창문이 있었다 보기 좋게 노을을
배반하는 석탄 화차와 한참을 바라보아도
눈이 아프지 않은 흰 눈의 깜빡임
상가를 지나는 발굽 뒤로 두꺼운
구름이 일어났다 아이들은 땔감을
닮아갔고 불길한 노인들의 육감만이
날씨와 더불어 교묘하게 맞아떨어졌다
그 도시의 외곽 어둡고
적막한 공터에는 귀가 닳은
공중전화와 그믐에 걸려 오도 가도 못하는
눈먼 바람만이 이따금 선잠을 잤다
불 밝힌 상가들이 그것을
딱딱 쳐다보며 서 있었다 피카디리극장 옆
잘 접힌 마분지 같은 무화과나무는
유치한 눈발을 받아내느라
먼바다 밀물 소리를 껴안고
잠이 들곤 했다 행인처럼
또 행인처럼 눈이 내리고 지친
불빛이 내몰리는 결코
녹아 흐르지 않을 하루

눈시울이 붉어져

빈 수레 소리 요란한
그 도시의 외곽에는
고만고만한 것들이
그렇게 견뎌가고 있었다

나는 밀물이었다

밤이면
내 몸은 알 수 없는 예감으로
서서히 부풀어올라
잠든 그대에게로 다가갔다
사내들은 반쯤만
잊을 수 있을 만큼만 술에 취하고

섬 하나
내가 다가가면 사라지고 마는
가쁜 숨의
야윈 섬 하나

가질까
차라리 가져버릴까,
환하고도 환한 밤
하얀 조개껍데기를 굴리며
그대의 굽이진 해변
밤새 나는 서성거려야만 했다

오후만 있던 수요일

수요일 오후 내내 바람이 불었다
네 쪽으로 내어놓은 창문에는
세월처럼 빠르게
구름만이 흘러서 가고
이따금씩 행려병자의
먼 눈빛처럼
햇빛이 잠시 창틀에 머물렀다 나는
네가 떠난 후 늘 그러하였듯이
너의 안부를 궁금해하는 일과
더불어
나의 안부를 전하는 일을
긴긴 낮잠으로 대신했다
구름은 무슨 정처 없음으로 닿을 곳도 없이
흘러서 흘러서만 가는가 그리고 햇빛은
무슨 애처로움으로 오후를 서성대다
저녁 속으로
흔적도 없이 사라져가는가
잠에서 깨면
창밖은 어두운 겨울 들판
네가 떠나간 겨울 들판
차가운 적막과 적막 그 깊은 사이에는
내 외로움의
높은 미루나무 한 그루가
쑥쑥 소리도 없이 자라나고 있었다

안개다방

안개는 그리움이다

네거리 안개다방
오늘도 가수는 떠나간 사랑을 찾아
안개 가득한 거리를 헤매이고
많이 야위었구나
아팠어요 그동안,
그녀의 파리한 입술을 들여다보며
나는 그 옛날 부르텄던 몇 번의 사랑을
창틀의 시든 벤자민처럼
고개 숙여 되뇌어보기도 하고
그녀의 입술에 깃들인 지난한 가족사와
어눌한 연애사 등을 문 앞에 서성이는
초겨울의 싸늘한 외풍과 함께
은근슬쩍 엿보기도 하면서
식어버린 맥스웰 커피를 홀짝홀짝 마신다
이렇게 나의 生이 간다면
나의 生도 어느 날 차갑게 식어
쓰디쓴 뒷맛만 남긴다면, 나는 또
어떤 애처로움으로 젖은 손바닥만
하염없이 비비고 있을 것인가
창밖에는 안개
내가 가지고 온 소란한 안개
나는 늙은 가수가 걸어간

8분의6 박자
애틋한 가단조의 거리를 바라보다
도망치듯 안개다방을 나와버린다

미안하지만
안개다방에는 안개가 없다

석촌호수에서

슬픔은 저 물이랑
혹은 물이랑 사이를 건너가는 소리 없는 바람
오늘 석촌호수에는
드문드문 새의 발자국이 찍히고
그 발자국을 쫓아서 간 어느 한 사람의 자취 같은 것이
물밑으로 어룽거리기도 했다
나는 누군가의 가슴속으로
돌멩이 서너 개를 던져넣기도 했다

아무도 탓하지는 않겠다
다만 바람이 불고
또 바람이 불어온 것뿐이었으므로
나의 사랑은
그리고 나의 세월은
이제는 지는 잎잎만을 고요히 띄울 뿐이므로

새벽 강가에서

새벽 강가
물안개가 피어오른다
풀잎에서 떨어진 이슬 한 방울
잠든 가을을 깨워
강물 따라 깊이 흐르게 하고
그 강물에 얼굴을 비추면
못 이룬 사랑도
까닭 모를 미움도
죄다 잔잔한 그리움으로만 바뀌어
앞으로 앞으로 간다
물결처럼 밀리며 간다
갈대숲을 흔들고 가는 바람처럼
나는 잠시
내 속이 궁금해진다

정기 구독 목록

나의 정기 구독 목록에는
늦은 밤 창가를 스치는 빗소리와
그 빗소리를 들으며 슬쩍슬쩍 읽어보는
윤동주 백석 박용래 같은 눈물을 닮은 이름
몇 자들 새벽녘 앞마당에 고여 있는
막 떠다놓은 찻물처럼 말갛기만 한 하늘
기다릴 필요 없어요, 바람난 애인이
또박또박 적어준 빛이 바랜 하늘색 편지
읍내에서 단 하나뿐인 중앙극장의
야릇하게 생긴 배우들 그 배우들이
슬픈 얼굴로 보여주는 화끈한 '오늘 푸로'
환절기마다 잊지 않고 찾아오는
사나흘간의 감기 그때마다 먹는 빨갛고
노란 알약들, 일요일 담에 널어 말리는
초록색 담요와 그 담요를 말고 자는
둥그스름한 낮잠 그 낮잠 위로
헬리콥터가 한 대 가끔 부르르르
저공비행을 하다가 돌아가기도 하고 내 낮잠도
부르르르 따라 흔들리기도 하고 낮잠에서 깨어
멍한 눈으로 바라보는 시들어버린
제라늄 화분 저물 무렵 혼자서 끓여 먹는
삼양라면 다시 필까, 물을 줘보기도 하지만
소식이 없는 제라늄 화분 시들었구나,
식은 밥을 말다 말고 나는

이렇듯 내 가난한 정기 구독 목록에는
가난하고도 외로운 이름 몇 개와
붉은 줄이 그어진
희망이라든가 사랑이라든가 하는
연체된 고지서의 커다란 글자들

그 여자의 낡은 사진

서랍을 정리하다가 우연히 발견한
그 여자의 낡은 사진

귀퉁이가
다 닳은
구름 한 조각

비 묻은 귀밑머리 몇 가닥과
졸음에 겨운
희미한 쌍꺼풀과
그 여자의 얇은 여름 블라우스 점점이 박힌
푸르고 붉은 꽃무늬
가랑비 소삭이던 처마밑 그 저녁의 일들일랑은
몇 구절 나지막한 휘파람으로나마 불러보든지,

돌아온다는 기약 같은 건 없었다네
(구름에 무슨 기약이 있겠나) 세상의 모든 기약이란
떠나가는 배의 희고 둥근 돛처럼
잠에서 덜 깨어 바라보는
목련꽃 가득한 새벽녘의 마당처럼
참으로 허무하고
또 슬픈 것임을
내 어찌 몰랐을까나

구름은 다 데리고 간다네
다 데리고 구름은
허공에 걸린 새소리를 지나
나울나울 목련나무 가지를 지나 구름은
아무 말 없이 스윽 팔짱 한번을 껴보고서는
창문을 넘어간다네

내 어찌 모를까나
오늘은 밤새 새가 울고
그 새소리에 목련이
다 질 것을
내 어찌 모를까나

야행성

적막 속에서 그는 산보를 한다, 누군가
살다 간 것 같은 적막, 오늘도 여지없이
빈 달이 올라오고, 누군가 한 번쯤
주저앉아 나무토막처럼 딱딱해진 목을
주물러보았을 법한 빛바랜 종이 위, 그
회색빛 난처함, 주저함 속을 거니는 그의
긴 그림자, 아무도 없는 공장을 지나,
그가 만든 미루나무 거리, 여태껏 한 번도
가보지 못한 왕릉이 두꺼운 적막을 두르고
서 있고, 가등 밑을 지나가는 저 고양이들에게
돌을 던졌던 건 언제였을까, 그날이,
내가 바라보던 것들이 일제히 고개를 돌려
나를 바라보던, 연민과 조롱을 가득 담은 눈으로
돌아서서 가던 나를 바라보던, 그날이 과연
언제였을까, 기막힌 우연처럼 그녀를 만났던 건,
나였을까, 내가 보낸 어떤 사람이었을까,
지리멸렬한 이 거리, 종이 위에서 유일한
값어치 있는 일이란 밤을 파는 어떤
'업소'에 가서 내 닳고 닳은 가슴, 한 무더기
구름 같은 적막을 가득 꺼내어 지불하는 일,
거리 위 종이 위 가가호호 박혀 있는
창살들, 그 사이를 필사적으로 엿보며, 혹은
필연적으로 엿보려 그는, 졸음이 터져나오려는
입을 틀어막으려 안간힘을 쓰고 있는

거대한 적막 속의 그는,

집으로 가는 길

집으로 간다
중구난방 비들이 뿌리고
오늘 나의 위벽은
또 얼마만큼이나 얇아졌을까,
얇아지는 위벽만큼 두꺼워지는 나의 얼굴
오늘도 나는
몇 마디의 후회만을 만들고
몇 줄의 치욕만을 간신히 기록했구나
단지 그것뿐이었구나,
불어닥치는 바람에
우수수 소름이 돋는다 나무들은
서둘러 잎을 거두고
언제나 그랬었지,
집으로 가는 길
어둡고 축축한 그 길 위에만 서면
기우뚱 중심을 잃어버리고 마는 몸
귀를 간질이는 노란 창문들의 수군거림
처음으로 술 마시던 날이
고통이었던가
첫사랑의 이름이 꽃과 같았던가,
생각나지 않는다
암암한 가을밤
걸어가야 할 날들은 많은데 희망은
정말로 실낱같기만 해서 이토록

찾아내기가 어렵구나,
목젖은 뜨거워져오고
집으로 가는 길
후루룩하고 나를 말아올리는
누군가가 뱉어놓은 바늘 돋은 혓바닥

봄길을 걷다

모든 길은 단지 길의 흔적일 뿐이다

봄길에게 나의 행적을 묻는다

목청껏 너를 부르던 그날도
그날 속에서 애달아하던 나의 모습도

이제는 몇 송이 꽃의 이름으로만 남아
저 봄길, 아득하게만 흔들리는데

봄길이여, 이 길을 헤쳐가면
그날의 길들은 또 나를 따라와

붉은 모래먼지만 격렬하게 날릴 것인가
봄길이여 너는 아무 말도 하지 않고

아지랑이 아지랑이 속

나를 보낸 흐드러진 흔적으로만 남을 것인가

낙심

저물 무렵
무화과 그늘이 엷어지는
담담한 그 순간들을 바라보다
이제는 기다리는 마음쯤이야,
아무것도 아닌 듯 바라보다
그러다가
그늘의 적요를 깨트리는 무화과 잎 몇 장에
잠시 낙심했던 것뿐인데
당신 쪽으로 슬쩍
어깨가 기울었던 것뿐인데
오늘은 내 살아갈 날들처럼 수많은 잎 중에
한두 장이 바람에 졌다
아무도 모르게 숨어서 졌다,
단지 그것뿐인데

은하사 내려오는 길

은하사 내려오는 길
이른봄 한낮
집을 떠난 민들레 홀씨들이
무작정
길 위를 날아다니고 있다
살랑살랑 햇살 속을 떠다니는
투명하고
철없는 번뇌들
그 번뇌들이 길의 너른 품에 안겨
어느 날
노랗고 탐스러운 꽃을 피울 때까지
길은 또 늘 그러하였듯이
짧은 봄을 오래도록
길섶에 잡아두고 있으리라

온몸을 봄산에 기댄 채

연초록으로 한껏 가벼워져 있는 봄
세금산 굴참나무숲은
지난겨울의 제 몸을
녹아 흐르는 개울물에 다 떠내려 보내고
그냥 굴참나무숲으로만 울창하게
울창하게 흔들린다

나를 아프게 한 건 다름 아닌 나였구나

일파만파 나비떼가 날아오르고
내 곁을 휘돌아나가는
무쇠의 바람
길을 가다 말고
나는 또 온몸을 봄산에 기댄 채
멍하니 앉아보는 것이다

악기들

해금

어미는 잠이 들고
돌이 갓 지난 어린 아들은
울며불며 방안을 돌아다니고 있다
얼굴에는 똥칠갑을 하고
손에도 한 움큼
시커먼 똥덩어리가 들려 있다
배가 고픈 것이다
사흘을 굶은 것이다
애초부터 아비는 없었다

깊은 밤 강가에 기댄 마을
바람이 갈대숲을 세차게 넘어가고 있다

탬버린

많은 비가 내리었다
진흙탕의 길
한번 헛디딘 발은 쉽사리 빠져나오지 않고
가라, 뒤돌아보지 말고 가라
저만치 앞서가는 너를 보며
힘껏 손뼉을 쳤다
하얗게 밀밭이 서린 언덕
꼭 사랑 때문만은 아니었다

젤소미나
더이상 슬퍼하지 않으리라
중얼거려보기도

아잼
미루나무가 서 있는
저녁의 지평선 위
천천히 매 한 마리가 날고 있다
여기는 낯선 나라의 변방
초병은 이른 잠에 들고
나의 행적을 물어오는 사람은 없다
그러니 안심해도 된다

모래바람 속, 하얗게 이를 드러낸
누더기 집시 여인이
커다란 개 한 마리와 함께 성문을 나서고 있다

기타
한때 나의 품에서
아름다운 악보를 이루며
밤새 격랑으로 넘실거렸던
한 여자여

그 시절

숨가쁘게 출렁거렸던
굴곡진 음(音)의 능선들이여

그러나 추억아,
너무나도 많은 쉼표를 너는
돌처럼 가슴에 박고 있구나

가끔 잘못 불어온 바람이
퉁퉁 나를 건드리다 갈 뿐,
이제는 나 역시도
어두운 방 한구석에 세워진
영영 울리지 않을
녹슨 추억일 뿐이로구나

아코디언
깨어보면 사랑은
돌멩이 같은 것
발길에 툭툭 채어
마른 먼지나 일으켜대는
모난 돌멩이 같은 것

네 집 앞
희미한 가등 밑에 오그리고 앉아
가만가만

물방울 가득한 꿈이나 꾸다가
말 못할 애틋함, 혹은
어떤 흐릿함 같은 것에
한참을 젖다가

피아노
감나무 가지 사이로
한 올 한 올
햇빛이 내리고 있어

감나무 밑의 햇빛은
눈가를 간질이는
감빛

우리는 죽어서 무엇이 되나
죽으면 저렇게
가벼워질 수 있나
정말인가
창문을 스며나가는
고음의
감빛 영혼들

샌프란시스코

조금씩 두꺼워지는 어둠, 오늘 저녁에도
역시 달은 뜨지 않았다, 아무리 기다려도
집으로 가는 버스는 오지 않고, 나는
샌프란시스코, 샌프란시스코라며 소리내어
중얼거려본다 샌프란시스코, 언제나
태평양에서 몰려온 뿌연 안개로 뒤덮여 있다는
도시, 하지만 나는 가본 적이 없다, 나는
이 도시를 벗어나본 적이 없다, 하나둘씩
상점의 불빛들이 켜지기 시작하고
조금씩 벌어지기 시작하는 어둠, 살펴보면
어디에나 틈은 있는 법이다, 코트 깃을 세운 채
한 무리의 사람들이 재빨리 어둠 사이를
빠져나간다, 나는 하루종일 울리지 않은 삐삐를
다시 한번 확인한다, 나의 안부를 물어오는
사람은 없었다, 그러니 오늘도 나는
평안했던 셈인가, 버스는 오지 않고, 샌프란시스코,
너의 이름을 발음할 때마다 가벼운 바람이
휘파람처럼 이 사이를 스며나와 허공 중으로
흩어진다, 샌프란시스코, 어떤 드라마에서
키 큰 빨간 나무가 있던 곳이라며 눈물짓던
한 남자 주인공이 떠오른다, 한때 샌프란시스코,
그곳으로 가기를, 너에게 닿기를 열망했던 적이 있었지만,
사랑은 다짐할 수 있는 성질의 것이

아니다, 바람이 불고 있다, 저를 본 적이 있나요,
벽에 붙은 늙은 여자가 나를 쳐다보며
비릿한 웃음을 지어 보인다, 이 도시를 휩쓸고
다니는 소금기 많은 바람, 그래서 나는
이토록 머리가 무거운 것일까, 그녀의 웃음이
펄럭거리며 뛰쳐나간 도로 한가운데,
젖은 불빛을 흔들며 버스가 달려오고 있다,
샌프란시스코, 해안을 따라 이어진
'1번 도로'는 세계에서 가장 아름다운 도로라던데,
집에는 물론 아무도 없을 것이다, 적막만이
돌보지 않은 무덤처럼 우거져 있을 것이다,
샌프란시스코, 머지않아 나도 이 어둠에 길들여진
순하고 순한 양이 되어 있을 것이다

겨울나무

그 옛날
나, 겨울나무처럼 살고자 했었지만
분분한 생각들, 봄날의
휘황한 사랑이라 불리우던 것들
사랑 가고 난 뒤
가을날의 낙엽처럼
그리움이라며 바스락대던 것들, 그런 것들
내 곁에서 다 떨쳐버리고
나 한때 빈 들에서
홀로 앙상하고자 했었지만

그게 아니다
이제 와 생각하니 그게 아니다

창밖의 저 겨울나무들
가지 끝마다 무엇인가
말 못할 하나씩을 꼭 쥐고 서 있는

손금을 보는 이유

대화

—떠나고 싶어요
—얘야, 너는 장남이란다

밤새 우리는 보름달처럼 깨어 있었다

바람에 펄럭이는 7월의 달력

뜯기지 않은 7월의 달력 속
낙타가 간다
구구절절 구구절절 낙타는 꾸벅이며
외로이 사막을 건너간다

우리는 매일매일
하루빨리 빗금이 그어져 넘겨지기를 기다리는
달력이다

창밖에는

아무 일도 없다 창밖에는
알아들을 수 없는 음악만이 울려퍼지고
창밖에는 알 수 없는 일들, 내가
모르는 사람들만이
죽어간다 나는 어제 빌린 비디오를
보지도 않고 갖다준다, 해와 달과 끊어지지 않은
지평선에 관한 영화는 없나요, 주인은 못 들은 척

동전 몇 닢을 챙겨 뒷방으로 슬그머니 사라지고
죽여달라고, 이만 죽여달라고
잘린 손목을 흔들어대는 피 묻은 빨래들

가는 사람

가는 사람은 가는 대로 낮달은
그저 낮달인 채로 가만히 내버려두자, 그리고
더이상 애인은 사랑하는 사람이 아닐 것
시간이 흐를수록 우리의 눈가에는
거대해지는 빗방울
빗방울들, 오직 빗방울들뿐이다

사막을 건너는 법

—어머니, 우린 지금 어디로 가고 있는 건가요
—사막을 건너고 있는 중이란다
—어머니, 얼마나 더 가야 되나요
—얘야, 사막을 건널 땐 조용히 해야 한단다

고통

날아가는 새를 잡아
창틀에 앉히고
덜렁덜렁 먼산을 가지러 가기도 하는 오후
누군가 나무에 나뭇잎을 매달기 위해
애쓰고 있다

아아 나는 아무 말도 하지 못하고
이대로 돌이 되어버릴 것만 같아

비디오를 되돌려 보는 시간
오늘도 사랑하는 나의 주인공이
비바람을 맞으며 집을 나서고 있다

부디, 행운을 빈다
앳된 나의 주인공아

노모(老母)

갑작스러운 폭우였다
한순간 뿌옇게 흐려지는 망막
모든 것이 물보라 속으로 파고들었다
가을이 가난이
내 희미한 사랑이
방파제 너머 마저 사라져갔다

다 보내고 너무 피로하므로
집으로 왔다

자려고 하면
앞마당의 늙은 후박나무만이
지워지지 않는
커다란 한 점 얼룩이었다

그것들에게

내게 "안녕"하였던 그것들에게,
고흐의 딱딱한 정물들에게
밤을 괴롭게 만들던 형형색색의 눈동자들에게
바다를 지나던 씩씩한 열차들에게
몸을 함부로 허락하지 않던 여자들에게
못박혀 건들거리던 추억들에게
결코 뒤집어지지 않던 가랑잎들에게
산 너머 산만 생각하던 불구들에게
새파랗게 철쭉이 지던 날들에게

아직도 꾸벅거리며
아마 기다리고 있을
나를 다 망쳐버린 그것들에게

문학동네포에지 018
단 한 번의 사랑

1판 1쇄 발행 2000년 5월 30일
2판 1쇄 발행 2021년 3월 30일

지은이—최갑수
책임편집—유성원
편집—김민정 김필균 김동휘 송원경
표지 디자인—이기준 김이정
본문 디자인—유현아
마케팅—정민호 김도윤 최원석
홍보—김희숙 김상만 함유지 김현지 이소정 이미희 박지원
제작—강신은 김동욱 임현식
제작처—영신사

펴낸곳—(주)문학동네
펴낸이—염현숙
출판등록—1993년 10월 22일 제406-2003-000045호
주소—10881 경기도 파주시 회동길 210
전자우편—editor@munhak.com
대표전화—031-955-8888 / 팩스—031-955-8855
문의전화—031-955-3570(마케팅), 031-955-8865(편집)
문학동네카페—cafe.naver.com/mhdn
트위터—@munhakdongne
북클럽문학동네—bookclubmunhak.com

ISBN 978-89-546-7778-3 03810

www.munhak.com

문학동네